AF322164

PARIS
DEBLOQVÉ,
OV
LES PASSAGES
OVVERTS.

EN VERS BVRLESQVES.

A PARIS,

Chez **CLAVDE HVOT**, ruë S. Iacques,
proche les Iacobins, au pied de Biche.

M. DC. XLIX.

AVEC PERMISSION.

PARIS DEBLOQVE'
ou les passages ouuerts.

C'Est à present Muse Burlesque
Qu'il faut vne piece crotesque
Dans l'esperance de la paix,
Pour qui i'ay fait tant de souhaits.
A present que i'ay dequoy frire
Tout de bon i'ay l'humeur à rire,
Et non pas ainsi qu'autres-fois
Sur la triste feste des Rois,
Tu sçais que i'ay fait maint Poëme
En Carnaual, & en Caresme
Qui portoit vn titre bouffon,
Mais aussi tu sçais bien le fond
De mon cœur, qui dans les vacarmes
Ne consentoit pas à tes carmes,
Car ie ne faisois dans ce feu
Que bonne mine & mauuais ieu.
Quand quelqu'vn de nos Capitaines
Menoit des campagnes prochaines
Malgré les contraires efforts
Des bœufs, des moutons, ou des porcs
Ie sentois d'abord que ma vene
De leur sang estoit comme plene,
Mais cet espoir precipité
Faisoit place à la verité,
Et mon estomach tout auide
Me remonstroit qu'elle estoit vuide.
Ie le cognoissois encor mieux

Quand me tranſportant ſur les lieux
Où s'exercent les tuëries,
Autrement dits les boucheries
Ie voyois ces bons animaux
Pendus par pieces aux eſtaux,
Et qu'à peine fendant la preſſe,
Vn Monſieur tout veſtu de graiſſe
Me demander au dernier mot
Quatre liures pour vn gigot
De mouton, car dans l'equiuoque
Quelqu'vn diroit que ie me moque,
Lors ie voyois que le conuoy
N'eſtoit pas arriué pour moy,
Mais c'eſtoit bien la diablerie
Quand venant de la boucherie
Sans en porter dequoy manger
I'allois au prochain boulanger
Qui me diſoit auec grand haſte
Ie n'auons plus ny pain ny paſte.
Mais i'en aurons demain matin
Car i'auons du bled au moulin,
Ces paroles eſtoient ciuiles
Quoy que pour moy fort inutiles
Qui cherchois quelques alimens
Preſts pour le moulin de mes dents.
Quand meſme ma panſe eſtoit pleine
Ie ne laiſſois pas d'eſtre en peine,
Car eſtant ſans prouiſion
Vne prompte digeſtion
Malgré mon argent & mes nipes
Faiſoit apprehender mes fripes.
Maintenant donc loin de la crainte
Des abſtinences par contrainte
Apres auoir fort bien ſouppé,
Voyant Maiſtre Blocus dupé,
Voyant la ſeine nauigable
Et la campagne labourable,

Voyant

Voyant tous les Saints d'alentour
Autant pour nous que pour la Cour:
Voyant tous les chars de Gonesse
Porter Dame Cerés sans cesse,
Voyant voguer comme autresfois,
Et Corbeillat, & Melunois
Entendant crier à l'écale
D'vne voix qui marque le male
Voyant arriuer à milliers
Les beaux oignons d'Auberuilliers,
Et voyant aussi la vallée
De misere mal appellée,
Voyant les puissants rotisseurs
Raillier Messieurs les Fourbisseurs,
Et sur tout voyant le Caresme
N'auoir plus le visage blesme,
Mais l'auoir grace au Cardinal,
Rouge comme le Carnaual:
Voyant donc toutes ces merueilles
Oyant mesme de mes aureilles
Que les troupes des ennemis,
Qui maintenant sont nos amis
S'auancent dans la Picardie
Pour nous oster la maladie
Qu'on nomme le Mazarinat
Plus dangereux qu'assassinat
Et que l'éueillé la Boulaye
Pour nous dans le Maine balaye
Tout ce qu'il rencontre d'argent
Qui rend le soldat diligent,
Et que dans ce bel exercice
Des Saunier il sçait bien l'office,
Car enfin le sel a le don
De garder de corruption
Et croit-on aussi que ces troupes
N'en vuideront pas moins les coupes.
I'entens aussi dire que Tours

Nous veut habiller de velours
Où puifque le temps nous échauffe
De quelque plus legere eftoffe,
Les Prouençaux, & les Bretons
Donneront foldats & teftons,
Pour nos braues mangeurs de pommes
Ils nous fourniffent dix mille hommes,
Ce font certes nos bons voifins
Qui valent mieux que des coufins.
Et fans eux ie croy qu'en ce fiege
Nous euffions moins pefé que liege.
Tout le monde fçait quel honneur
S'eft acquis leur bon Gouuerneur
Le iudicieux Longueuille
Dont l'Epoufe à l'Hoftel de Ville
Accoucha d'vn fort beau garçon
Qui de Paris porte le nom;
l'entends de ce Paris fur feine
pour qui l'on dit que de Lorraine
Le Duc & mefme vn Marefchal
Dont le nom n'y rime pas mal
Viendront fi l'on veut à grand hafte,
Sujet d'épanoüyr ma rate.
L'on dit auffi qu'en Languedoc
L'on n'aime pas l'autheur du hoc
Et que les capsdebioux de Guyenne
Aux paphardioux feront grand peyne
On dit que pour guerir nos maux
A l'exemple des Generaux
Dont ie veux celebrer la gloire
Par des vers dignes de memoire,
La France n'ayant pour obiet
Que de fon Prince le refpect
Et la felicité publique
Par tout ioüera de la pique.
Oyant donc, & voyant cela
Ie me moque du qui va là

De nos bourgeoifes fentinelles
Dont les dagues feront pucelles,
Car certes ie ne penfe pas
Qu'icy fe donnent les combats,
De bon cœur i'affemble ces rimes
Sans me feruir d'aucunes limes
Comme n'eftant de mon meftier
N'y forgeron, ny ferrurier.
Suffit que l'on vifite aux portes
Les carroffes de toutes fortes
Pour voir s'ils ont l'inuention
D'emporter la munition
De guerre, & fur tout quelques fommes
Qui font mettre fur pied les hommes
Qui les font auffi fubfifter
Et toutes affaires hafter.
Ie vis hier vn bon capitaine
Qui crioit à perte d'halene
Arreftez-moy ce chariot
Qui veut aller à chaliot
Voyons parmy tout ce bagage
Selon l'ordre qui nous engage
Si l'on n'auroit pas mis au fond
De poudre, de mefche, ou de plomb,
Le cocher pour eftre croyable
Se prend à iurer comme vn Diable
Que c'eft du linge feulement
Auec quelqu'autre ameublement
Dont faint Germain auoit grande faute
Comme feroit chapeau, & bote
Qui couurent les extremitez,
Pour les autres neceffitez
Eftant trop longues à deduire
Le Cocher ne les voulut dire,
Mais moy ie vous diray qu'vn iour
Vn homme de ville, ou de cour,
N'importe, au moins vne perfonne

Dont la mine eſtoit aſſez bonne
Et l'eſprit n'eſtoit pas bien fort
Cria, quoy tout le monde ſort?
Maintenant donc tout le monde entre
Ha par la teſte par la ventre
A ce coup Paris eſt vendu
Ainſi qu'on l'auoit attandu,
Saint Germain n'ayant plus de poudre
Ne ſçauoit à quoy ſe reſoudre
De tout il auoit veu le bout,
Et nous le fourniſſons de tout.
Moy qui les choſes examine,
Ie luy dis que de la farine
Ou du blé non encor moulu
Pour nous auoient autant valu!
Car i'ayme Dame Surſeance
Ainſi que Dame Conferance
Comme parantes de la paix
Pour qui i'ay fait tant de ſouhaits.
I'acheuois ces belles paroles
Quand vn autre hauſſant les épaules
Me dit ma foy, nous en tenons,
D'Erlac vient auec ſes canons
D'vne épouuantable maniere
Qui frappent deuant, & derriere,
Il a vint mille combatans
Qui viennent à rambours batans
Car il a débauché ſans pene
Les gens de Monſieur de Turenne
Et vous verrez colintampon
Pour le Mazarin tenir bon.
Moy qui prens pitié de la Buſe
Sur le champ ie la deſabuſe
Luy diſant que les Allemands
Dans leur marche ſont vn peu lents
Et qu'ils attandent des piſtoles
De nos faiſeurs de monopoles

Que

Que quant au General d'Erlac
Il ne quittera pas Brisac
Pour retourner seruir en France
L'homme qui paye en esperance,
Car ie suis certain qu'en effet
Il s'en alla mal satisfait.
Ainsi contre ces testes dures
Ie combats par des coniectures.
Si l'on me dit que saint Germain
S'obstine à garder Mazarin,
Qu'il aime mieux perdre la France
Que non pas sa haute Eminence,
Ie tranche de l'historien
Et ie leur dis, sçauez-vous bien
Qu'vne Duchesse Marguerite
Dont la Reyne est niece petite
Osta de Flandre vn Cardinal
Qui iamais n'auoit fait de mal,
Qui auoit esprit & science
Et qui ne pechoit qu'en la naissance
Estant Bourguignon, non Flamand
Et Philippe le pere grand
De nostre mesme bonne Reyne
Ne fut iamais en telle pene,
Car il cherissoit le Prelat
Comme vray Ministre d'Estat.
Et toutesfois ce sage Prince
Pour le repos de sa Prouince
Par vn exprez commandement
L'en retira fort prudemment
Et l'enuoya prez du saint Siege
Y iouyr de son priuilege.
Ainsi peut estre quelque iour
Mazarin quittera la Cour
Et sera mis en parallelle
Auec le Cardinal Grauuelle
C'est à dire quant au depart,

C

Car non pas certes quant à l'art
Que nous estimons necessaire
Pour exercer le ministere.
Quoy qu'il en arriue en tout cas
De faim Paris ne mourra pas
Et grace aux galands personnages
Qui sont tous & vaillans & sages
Grace à Messieurs les Generaux
On n'oyt plus crier nos boyaux,
Ils ont tous merité la gloire
D'vne non sanglante victoire
Ayant fait sans perdre vn bourgeois
Leuer vn siege de trois mois,
Dont Messieurs les Mazarinistes
Ne laissent pas d'estre vn peu tristes,
Car en disant ocus bocus
On fait disparoistre Blocus.

F I N.

www.ingramcontent.com/pod-product-compliance
Lightning Source LLC
LaVergne TN
LVHW050241060726
842525LV00007B/2790